MILLE VERS

PAR

PIERRE FERRUS

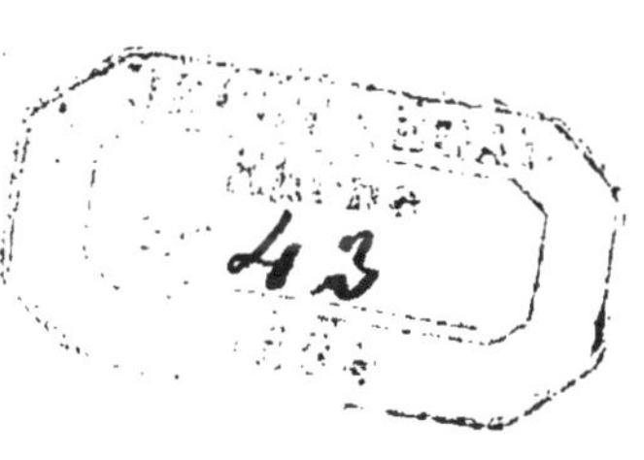

LYON

IMPRIMERIE D'AIMÉ VINGTRINIER

Rue de la Belle-Cordière, 14.

1864

MILLE VERS

MILLE VERS

PAR

PIERRE FERRUS

LYON

IMPRIMERIE D'AIMÉ VINGTRINIER

Rue de la Belle-Cordière, 14.

1864

PRÉFACE

Ce petit volume contient exactement 1000 vers, pas un de
plus !

Heureux, si un jour il m'est permis de dire, avec autant
d'assurance que j'ai maintenant de timidité :

Ce gros volume contient exactement 10,000 vers, pas un
de moins !

Pierre Ferrus.

RAMON

—

Ier CHANT

I

Quand Dieu pour compléter sa terrestre machine
Voulut faire un portrait à sa face divine,
Vous savez, chers lecteurs, qu'il pétrit de ses doigts
Un peu d'argile, et puis soufflant dessus trois fois,
Il fit l'homme, et resta content de son ouvrage,
Ainsi que je l'ai lu sur la cinquième page
De ma Bible ; ceci n'est pas neuf à conter,
Mais le point important que je veux vous noter,
C'est qu'il se garda bien de mettre sa naissance
Comme il a fait depuis, c'est-à-dire à l'enfance.

II

Et cela se comprend, quoi qu'en dise Rousseau,
Il faut pour un marmot, des langes, un berceau,
Lui chanter, le bercer, pendant la nuit entière,
Et tous ces petits soins, délices d'une mère,
Qui pour les autres sont du dernier ennuyeux,
Or, pour les éviter, Dieu fit on ne peut mieux
De mettre au monde Adam, à l'âge raisonnable
Où, sans nourrice, il pût se tenir seul à table,
C'est pourquoi, veuillez-donc ne pas être étonnés
Si je prend mon héros à vingt-six ans sonnés.

III

Il s'appelle : Ramon, c'est un nom comme un autre,
Ni plus laid que le mien, ni plus beau que le vôtre,
D'ailleurs, à mon avis, un nom n'est jamais laid
Ni joli par lui seul, c'est celui qui le porte
Qui lui fait son mérite, et pour moi peu m'importe

Qu'il soit Pierre ou Jacob, quand un homme me plaît,
Car enfin ce n'est pas un alphabet qu'on aime;
Or donc si vous voulez être juge vous-même
Du nom de mon héros, regardez le portrait
Que de lui je m'en vais vous tracer trait pour trait :

IV

Plutôt grand que petit, il porte barbe noire,
Longue, taillée en pointe, et vous pourriez la croire
D'un moine de couvent, les cheveux coupés ras,
Une main assez fine au bout de chaque bras,
Malgré qu'il ait un peu l'air aristocratique,
Sa veste est de gros drap et de coupe rustique,
Son chapeau grand de bords, ses robustes souliers
Sur le sol carrément assurent ses deux pieds,
L'œil est franc, le front haut, je voudrais surtout dire
De quel charme enchanteur rayonne son sourire :

V

Que c'est beau, que c'est beau, que c'est délicieux
Cet éclair de bonheur qui va du cœur aux yeux,
Ce sillon de lumière ou s'épanouit l'âme...
Un jour, je rencontrai sur ma route une femme
Vieille et laide, et pourtant je m'arrêtai soudain,
Enivré du bonheur qui soulevait mon sein;
Ah ! c'est que cette femme, elle avait le sourire
De l'ange que j'aimais, le virginal reflet
De son amour pour moi, j'aurais voulu lui dire :
« Souriez encor, s'il vous plaît ! »

VI

Le logis de Ramon est une maisonnette
Perdue au bord d'un bois, sans grille ni sonnette;
Au lieu d'un lourd granit, les murs en sont construits
Avec des troncs noueux, des pieux mal équarris

Dont le rabot n'a pas râpé la rude écorce,

Qui, reliés les uns aux autres, ont la force

De braver pluie et vents, lorsque dans ses humeurs

Noires, le ciel voilant sa face de nuages,

Par ses profonds soupirs nous souffle ses orages,

Et pour calmer ses nerfs, nous inonde de pleurs.

VII

Voilà pour le dehors, êtes-vous curieux

De voir dedans ? levez le loquet, à vos yeux

Apparaît tout d'abord une chambre rustique

Comme en peignait Téniers : un grand bahut antique

S'étale dans un coin, en vieux chêne sculpté,

Dessus : pot à tabac et pipes, à côté,

Quelques chaises de bois, puis au milieu la table

Aux pieds carrés, aussi d'un âge respectable,

Un lit à grands rideaux, des livres étendus

Sur un rayon poudreux; contre le mur pendus

VIII

Des fleurets, un fusil, un sabre, un cor de chasse,
Dans un cadre de cuivre étranglée, une glace,
Enfin pour compléter ce bel ameublement,
Sur un fauteuil de paille, assis nonchalamment,
Le regard au plafond, la tête renversée,
Aux vapeurs de sa pipe alliant sa pensée,
Les deux pieds étendus sur le dos d'un grand chien
Qui les yeux demi-clos et ne songeant à rien
Bâille et fait voir ses crocs avec sa gueule noire,
Trône monsieur Ramon, héros de cette histoire.

IX

Au fond de cette pièce, on se trouve devant
Une portière en drap noir et rouge ; en levant
Un coin de ce rideau, vous voyez une salle
Couverte d'un tapis, et d'une forme ovale

A peu près ; les vitraux de diverses couleurs
Ne laissent pénétrer que de vagues lueurs
Dont les reflets tremblants, les vacillantes teintes
Rampent en chatoyant sur les murailles peintes,
Où sont des farfadets, des gnômes, des sorciers,
Mégères au nez mince et nains aux larges pieds.

X

La chouette au vol lourd y cogne de son aile
Boucs, dragons et lutins : c'est l'affreux pêle-mêle,
Le ramassis hideux des gens enguenillés
Qui peuplent le sabbat : des images difformes
De mains sèches, de dents longues, d'ongles taillés
Pour déchirer la peau, des visages énormes
Eclairés d'yeux tout ronds comme des yeux de chats,
Des jambes dont les os battent des entrechats,
Des poitrines sans chair à côtes transparentes,
Des langues de pendus et des bouches béantes

XI

Qui semblent se pâmer dans des rires de fous,

De grands bras efflanqués tombant jusqu'aux genoux,

Des crânes sans cheveux, des cous rouges sans têtes,

Des manches à balai qu'enfourchent des squelettes,

Des corps se promenant sur un pied de cheval,

Des figures à teint de lendemain de bal,

D'autres riant de voir sur une couche sale

Un malade crispé poussant son dernier râle...

Enfin ces visions, qu'en ses rêves de nuit,

Le fiévreux voit errer à l'entour de son lit,

XII

Et que mille fois mieux j'aurais pu vous décrire,

Si le diable eût pincé les cordes de ma lyre.

Une lampe de fer se suspend au plafond

Semé d'étoiles d'or et de feu, sur un fond

Noir, à chacun des bouts de la salle vacille,

Dans deux trépieds d'airain, une flamme qui brille,

Avec des reflets bleus et rouges ; tout autour

Des escabeaux grossiers en bois vierge du tour,

Et puis, comme égaré dans ces meubles magiques,

Un moderne divan à ressorts élastiques.

XIII

C'est sur ce divan là que Ramon vient s'asseoir

Quand le soleil se sauve à l'approche du soir.

Alors, à la lueur de la flamme qui monte

De ses trépieds d'airain, il prend, pour lire, un conte

De Théodore Hoffmann ; à mesure qu'il lit,

De sa vie animale il sent venir l'oubli,

L'idéal apparaît et le réel s'efface,

Au sombre esprit d'Hoffmann tout son esprit s'enlace,

Puis sa main laisse choir le livre sur le sol,

Il ferme les deux yeux, et l'âme prend son vol !

XIV

Se détachant du mur, chaque gnôme s'élance,
Sorcières, farfadets, lutins entrent en danse :
Le bal est commencé : les nains courts, à dos tors,
Aux mégères d'enfer s'unissent corps à corps ;
La main saisit la main, le bras au bras s'accroche,
Tout hurle, tout glapit, comme une immense broche
La foule tourne et roule : ici les boucs barbus
Cabriolent, sautant sur leurs ongles aigus,
Là, des crapauds rampants, là, des sauts de grenouille,
Avec un bruit confus cela se racle et grouille :

XV

Un squelette en dansant fait craquer tous ses os,
Et, de ses doigts sans chair, va s'accrocher au dos
D'une sorcière horrible à chevelure rousse,
Qui se tourne en grinçant, mais dont l'ongle s'émousse
Sur ses côtes, et qui pour lui tirer les yeux,

Ne trouvant que des trous, jette des cris affreux ;

Un diable, vrai dandy, coiffé d'un grand panache,

Louchant gracieusement, tortillant sa moustache,

Se pose en séducteur, jusqu'à l'oreille il fend

Sa bouche pour sourire, et d'un air triomphant,

XVI

Il serre, dans sa main, la main osseuse et noire

D'une mégère ; un autre élargit sa mâchoire

Comme un de nos ténors qui va pousser son ut,

Un singe tourne, tourne, en s'efforçant de mordre

Sa queue ; on voit partout mille membres se tordre,

C'est un fouillis de sauts, de mouvements sans but,

Bras et jambes mêlés, mains, pattes, cheveux, cornes,

Enlacement horrible, et de leurs grands yeux mornes,

Les hiboux regardant, et Ramon, sans effroi,

Préside à tout ce peuple, et s'en rêve le roi !

XVII

A lui tous ces démons, à lui toutes ces hordes,
Ces enfants de la nuit, ces pères des discordes ;
Il est maître, il est fort, il commande, et soudain
Tout s'ébranle et frémit au signe de sa main.
Rires, contorsions, grimaces, cris de rage,
Bruit, tumulte, tout, tout semble lui rendre hommage ;
Cette flamme blafarde et bleuâtre qui luit,
Eclairant son empire, est son soleil à lui ;
La lampe du plafond lui paraît sa couronne,
Le divan à ressorts son fantastique trône.

XVIII

Ramon n'était pourtant, lorsqu'il se trouva né,
Que le fils d'un marchand qui devint fortuné,
Parce qu'il avait su se fourrer dans la tête
Ces mots : « *Vendre beaucoup plus cher que l'on achète.* »
C'est là tout le commerce ; — il avait de l'esprit

Cependant, et la preuve est le parti qu'il prit

De mourir tout d'un coup frappé d'apoplexie !

L'apoplexie, ah ! Dieu ! la belle maladie,

Qui ne marchande point et ne vous tire pas

Tantôt par une jambe et tantôt par un bras ;

XIX

Mais qui vous change en mort, sitôt qu'elle vous touche,

Qui ne rassemble pas autour de votre couche

Des bataillons pressés de remèdes malsains ;

Mal qui vous fait mourir seul et sans médecins,

Qui des frissons aigus épargne la morsure,

Quand on se sent geler sous triple couverture :

Enfin ne fait pas dire à ces amis pieux

Qui pressent votre main en s'essuyant les yeux,

Quand pour vous étrangler la fièvre est assez mûre :

« C'était temps ! voilà bien quinze jours que ça dure ! »

XX

D'aucuns, pour vous prouver que Ramon fut bon fils,
Vous diraient qu'il pleura tant de jours et de nuits ;
D'autres qu'il enterra son père en grande pompe
Et recouvrit ses os d'un riche monument.
Peut-être le fit-il... Mais hélas ! cela trompe
Bien souvent. Quant à moi, je dirai simplement
(Et c'est, à mon avis, la preuve la plus claire)
Qu'il oublia qu'un mort fait naître un héritier,
Et qu'il ne s'en souvint que lorsque son notaire
Lui dit : De tant d'écus vous vous trouvez rentier.

XXI

En bel argent comptant ayant reçu la somme,
Il la mit dans un coffre, en s'occupant peu comme
Il faudrait la placer pour avoir l'intérêt.
Et certe, on le comprend : à quoi donc servirait

D'être jeune, d'avoir vingt ans, une âme neuve
Que gonflent les désirs ; de sentir, comme un fleuve
Impétueux, son sang bouillonner et frémir
Au seul nom de l'amour, de souhaiter de mourir,
Si la mort se trouvait aux lèvres d'une femme,
Et comme en un fourreau trop étroit une lame,

XXII

D'avoir le cœur trop grand pour le tenir au corps,
De le sentir si plein, si brûlé de transports,
Qu'il voudrait déchirer et briser l'enveloppe
Trop petite pour lui, qu'il faut, lui qui galoppe,
Traîner ce pauvre corps comme par un licou.
A quoi bon tout cela, s'il fallait sou par sou
Chercher ce qu'en un an une somme rapporte,
Ne pas permettre qu'un seul de ses écus sorte,
Sans qu'il en trouve un autre, et le tire après lui,
Comme un sot rencontrant un badaud qui le suit ?

XXIII

Ah ! pièces d'or, écus, la dure tyrannie
Que vous souffrez, pendant l'interminable vie
De ces pingres geôliers qui vous chérissent tant ;
Escompte, intérêt, taux, et pas un seul instant
De repos, travailler sur la hausse et la baisse,
Avoir pour demeurer une crasseuse caisse,
N'acheter jamais rien, pas un seul petit bout
De ruban, pour nouer autour du pâle cou
D'une vierge aux yeux bleus, pas de robe de soie
Qui dessine sa taille et sur sa hanche ondoie ;

XXIV

Aucun de ces joyaux qui font ses yeux ardents,
Pas de perle au teint blanc, laide près de ses dents ;
Mais quand le maître meurt, quand vient la délivrance,
Comme chacun de vous impétueux s'élance,

Quelle joie et quels sauts, quelles courses, quels bonds!

Comme l'on comprend bien pourquoi vous êtes ronds,

Vous qui ne connaissiez que le fond noir d'un coffre,

Que de choses à voir la liberté vous offre !

Ah ! vous prenez alors votre argentine voix,

Pour dire au nouveau maître et seigneur : «Tiens, tu vois !

XXV

« Dans ce char somptueux cette femme qui passe,

« Qu'entourent tous ces gens dont la bouche se lasse

« A chanter les beautés, les charmes, — tu l'auras !

« Nous te la donnerons cette femme ; en tes bras

« Tu pourras la serrer ; elle, hautaine et fière

« Baissera devant toi son front et sa paupière ;

« A toi sa blanche main et son tout petit pied,

« A toi son sein de neige et son beau cou plié

« Sous le poids de cheveux dont les tresses d'ébène

« Se laisseront natter par ta main souveraine !

XXVI

« Nous te donnerons tout : gloire, amis, de l'honneur ;

« Puisqu'on vend le bonheur, achète du bonheur,

« C'est nous qui payerons : nous ferons de ta vie

« Une route de fleurs, une vallée unie

« Où tu pourras marcher sans t'écorcher les pieds...

« Mais ouvre cette caisse où nous étions liés

« Par ton avare père, et brise notre chaîne ;

« Nous avons besoin d'air, la prison est trop pleine,

« Que nous puissions glisser libres entre tes doigts,

« Prisonniers de vingt ans, pour la première fois ! »

XXVII

Mais ne dites jamais : « Dans cette chambre où brille

« Une maigre lueur, est une jeune fille

« De seize ans, belle et vierge, et l'injuste Destin

« De sa lèvre arracha la coupe du festin

« Où chantent les heureux : elle est pauvre, sa bouche

« A faim, et bien souvent pleurante, dans sa couche

« Elle fuit la souffrance en cherchant le sommeil ;

« Nous te l'aurons aussi : Viens, viens à son réveil,

« Laisse-nous flamboyer sur son drap de misère,

« Fais-nous reluire aux yeux de sa cupide mère ;

XXVIII

« Fais briller nos rayons près de son front pâli,

« Regarde... elle se trouble, et sa vertu faiblit ;

« La voilà, cette vierge et son âme innocente,

« Elle se livre !... Sens sa gorge frémissante

« S'appuyer sur ton sein ; sens autour de ton cou

« L'étreinte de ses bras... Ne deviens-tu pas fou

« Sous son baiser de feu ? Quand son haleine pure

« Se mêle avec la tienne et qu'elle te murmure :

« — Que je t'aime, mon Dieu ! je t'aime, et suis à toi ! »

Ne le dites jamais, car si l'homme vous croit,

XXIX

S'il veut prendre une vierge à votre infâme piége,

Par le sang de Jesus ! il fait un sacrilége.

Cet amour d'une enfant, on ne peut l'acheter,

Car les amours vendus, il faut les rejeter

Ainsi qu'un vieux haillon ; mais prendre une jeune âme

Sortant presque du ciel, au prix d'un or infâme

La souiller, lui souffler dessus un souffle impur,

De deux yeux jeune éclos ternir le pâle azur,

Pour déchirer après le nœud qui vous l'attache,

Quand un homme fait ça, c'est que son cœur le lâche !

XXX

Vierges, pâles enfants, nourrissons du malheur,

Qui vivez loin du jour, comme une triste fleur

Eclose dans un pot au bord d'une fenêtre,

Le soleil qu'il vous faut, pour vous faire renaître,

C'est le regard brillant d'un poète amoureux,

Car cet amour est pur, cet amour vient des cieux ;

Il n'achètera pas votre âme virginale

En vous versant pour prix le dedans d'un sac sale,

Mais il dira : « Je t'aime, amie, et si tu veux

« Vers le ciel étoilé nous volerons tous deux ! »

XXXI

Muse, arrêtez un peu : cette fillette folle

Prenait tout simplement le chemin de l'école,

Pour dire que Ramon se dépêcha d'ouvrir

Sa caisse : écus, billets, aussitôt de courir,

Bals, maîtresses, chevaux, théâtres, chiens de race,

Amis, vins et dîners, bouquets, dindons truffés,

(Vie, enfin, où l'on vend à des prix tarifés

Les gants et les baisers), vinrent prendre la place

De son or envolé ; cela dura six ans,

Et puis finit un jour qu'il faisait mauvais temps.

XXXII

Madame, vous savez qu'au monde rien n'ennuie
Comme un chapeau mal fait, ou bien un jour de pluie :
Il n'est, à mon avis, de plus triste tableau,
Toujours même ciel gris, de l'eau mouillant de l'eau ;
Quand sur la vitre humide on va coller sa joue,
Voir des gens patauger dans une mer de boue ;
Ce spectacle vous met la tristesse à l'esprit,
Entre deux bâillements on repasse sa vie...
Un de ces jours, Ramon, pris de mélancolie,
Les yeux à demi clos, en lui-même se dit :

XXXIII

« Livres, contes, chansons, partout il est d'usage
« De dire à tout venant : « La vie est un passage. »
« Mon Dieu ! je le veux bien ; mais puisque c'est ainsi,
« Faut-il passer par là plutôt que par ici ?

« Voilà le malaisé : comment faire pour vivre

« Heureux ? C'est là-dessus qu'il fallait faire un livre,

« Philosophes, savants, il fallait montrer où

« En ce passage on peut ne pas rompre son cou !

« Si vous **ne** dites rien, l'on tâtonne, l'on doute ;

« Quant à moi, je crois bien que j'ai fait fausse route,

XXXIV

« Et je ne sais pas trop qui, diable, m'a poussé

« Dans le chemin boueux où je suis enfoncé :

« Cependant ce chemin, ou plutôt cette ornière,

« Est celle où tant de gens, la tête la première,

« Se jettent ; là-dedans chacun veut pénétrer.

« On crie, on se bouscule, on cogne pour entrer ;

« L'homme s'accroche à l'homme, on fait comme la boule

« De neige ; et bêtement, moi, j'ai suivi la foule,

« Certain que le bonheur se trouverait au bout ;

« Depuis six ans j'y marche, et n'y vois rien du tout.

XXXV

« A tous vents j'ai jeté mon or et ma jeunesse,

« Rencontrant le dégoût aux talons de l'ivresse ;

« J'ai semé dans le vide, et certe, à mon avis,

« C'est un pays très-laid que le monde où je vis.

« En effet, qu'y voit-on ? Des gens qui se coudoient

« Pour passer l'un avant l'autre ; des sots qui croient

« Etre hommes de génie, et toujours et partout

« Au cerveau de chacun un plat orgueil qui bout :

« Non pas ce noble orgueil, marque des fières âmes

« Qui vous souffle en plein cœur d'ambitieuses
[flammes ;

XXXVI

« Mais celui-là qui fait qu'un homme rencontrant

« Le nom d'une vertu, pour son compte la prend,

« S'en habille, s'en croit le vrai propriétaire

« Et grimpe sur les toits pour crier à la terre,

« L'un : Moi, je suis profond; l'autre : Moi, je suis franc !

« Je ne vois que l'honneur ; pour moi, j'ai le cœur grand.

« Celui-là, se plaçant son chapeau sur l'oreille,

« Dit : Je suis courageux ; enfin, on s'appareille,

« On se colle un mérite, on se le cloue au dos,

« Et plus on est petit, plus on se le met gros ;

XXXVII

« Si bien qu'il n'en est pas, même le plus modeste,

« Qui ne soit occupé : Notre Père céleste,

« Une fois qu'il s'est mis à faire des vertus,

« Eût dû nous en donner quelques-unes de plus ;

« Il n'en est pas assez ; ainsi, moi, je suppose

« (Quoique ne sachant pas si je vaux quelque chose),

« S'il me prenait envie aussi de m'attacher

« Quelque mérite, où, diable, irais-je le chercher ?

« Pour l'avoir, il faudrait livrer une bataille,

« A d'autres le tirer, comme font d'une paille.

XXXVIII

« Trois moineaux piaillards en train de faire un nid.

« Ou plutôt m'en aller où le monde finit,

« Dans quelque trou désert, dans un... » Mais je

[commence

A m'embrouiller un peu dans mon récit, et pense

Que le lecteur aussi sent ses yeux un peu lourds :

C'est pourquoi, je m'en vais laisser là le discours

De Ramon, et puis sur ce chant tirer l'échelle.

Sachez donc seulement que, gagné par sa belle

Harangue, un mois après il était installé

Dans cette maisonnette où vous êtes allé.

I

Le plus grand des malheurs qui puisse choir sur
[l'homme,
N'est pas d'être fiévreux, ou misérable comme
Un poète qui court après un éditeur ;
Mais ce grand malheur là, *c'est le parfait bonheur* :
C'est de posséder tout, de ne voir dans la vie
Rien qu'on n'ait déjà pas, rien qui vous fasse envie,
Pas une illusion vaporeuse à saisir ;
De n'avoir dans le cœur pas de place au désir,

C'est de ne pas goûter cette irritante ivresse

D'un rêve qui se cache et qu'on poursuit sans cesse ;

II

Car la possession déflore la beauté,

Car le rêve est plus beau que la réalité ;

Souvent le fruit cueilli n'a sous la lèvre avide

Rien qu'une saveur âcre ou qu'un goût insipide :

Moi, je n'en suis pas là, mes nuageux transports

De fumée habillés, n'ont jamais eu de corps :

Je poursuis mille et mille illusions rebelles,

Sans effleurer jamais le fin bout de leurs ailes ;

Mes visions en l'air ne sont que songe-creux ;

Pourtant dois-je me plaindre, et suis-je pas heureux ?

III

Ah ! parmi ces désirs qui m'aiguillonnent l'âme,
Souvent je vois paraître, à mes yeux, une femme
Étendue à l'abri d'un grand arbre au front vert :

Sa bouche me sourit, son œil à peine ouvert
A de vagues lueurs, son coude sur la mousse
Repose en soutenant sa tête ; sa voix douce
Murmure en sommeillant quelque chant langoureux
Qui se confond au vent courant dans ses cheveux ;
Sur son front que n'a pas plissé l'inquiétude,
Ces deux mots sont écrits : Rêves et solitude.

IV

Femme au regard voilé, pourrai-je quelque jour
Habiter avec toi ton tranquille séjour,
Où règnent le Silence et sa sœur Rêverie,
Où l'on peut caresser une image chérie,
La poursuivre dans l'air, et la voir voltiger
Accrochée aux flocons d'un nuage léger,
Sans que le froid Réel, avec sa face plate,
Se montre tout à coup à vos yeux étonnés,
Et tirant votre esprit avec sa lourde patte,
Contre quelque pavé ne lui casse le nez !

V

Séjour où nul souci n'inquiète et n'oppresse,
Où l'on s'endort aux bras de la molle Paresse,
Sans qu'il faille se voir vivre sur un cadran,
Ni connaître des mois et le nom et le rang,
Dimanches, ni lundis... mais où chaque journée
Se marque par un nid, une fleurette née
Que l'on n'avait pas vus, ou bien par la chanson
D'un nouvel habitant de l'arbre, du buisson,
Ses voisins, où l'on glisse au courant de la vie
Sans choc et sans cahot, ainsi qu'une onde unie

VI

Sur un lit sans rochers applanissant son flot.
— Donc, messire Ramon, certes, ne fut pas sot
D'avoir voulu choisir ce genre d'existence :
Il n'avait conservé de son ex-opulence

Qu'un cheval et qu'un chien : ce dernier lui servait

De compagnon d'abord, en outre, s'il avait

Besoin d'un tabouret, le chien s'en allait mettre

Son dos large et soyeux sous les pieds de son maître,

Comme vous l'avez pu, lecteur, voir au tableau

Du début. Le matin, quand le ciel était beau,

VII

Entre les deux brancards d'un léger véhicule,

Où j'ai peine à brider la rime qui recule

Et se cabre, — Ramon attelait son cheval,

Puis, grimpant sur le siége, au gré de l'animal

Il se laissait mener, sans se donner la peine,

Ici, plutôt que là, de lui tirer la rêne

Qu'il nouait à son dos. — Si vous lâchez un chien

De chasse, il s'en ira sur la caille ou le lièvre ;

Un ivrogne à la cave, un amant à la lèvre

De sa belle ; un poète ira ne faire rien,

VIII

Et rêvasser. Ainsi ne vous étonnez mie
Si le cheval, laissé libre, prenait envie
De traîner son seigneur dans les prés, et Ramon,
Sans se plaindre jamais, ni jamais dire non,
Du cheval arrêté déliait l'attelage,
Puis choisissant sur l'herbe une place à l'ombrage
De quelque arbre, il tirait un livre qu'il avait
Apporté dans sa poche, et fumait et rêvait,
Bercé par le doux chant du vent parmi les branches,
Voyant passer, dans l'air, les vagues formes blanches

IX

De vierges au front pur, qui, de leurs longs cheveux,
Venaient frôler sa joue et caresser ses yeux.
O fous, qui poursuivez les voluptés stupides
D'une vie agitée, et dont les deux bras vides

N'embrassent que du *rien*, que n'avez-vous cherché

Cet extase divin et sublime, attaché

Aux jours de solitude, à ces rêves de l'âme

Qui vous portent à Dieu sur les ailes de flamme,

Que donne à votre esprit l'idéal nuageux

Pour débourber vos pieds du matériel fangeux !

X

Idéal, Idéal ! admirable puissance

D'une âme détachée et libre qui s'élance,

Comme un oiseau joyeux, -- de son fourreau charnel,

Qui fait voir l'infini, découvre l'Eternel,

Et qui tantôt aux cieux, tantôt dans l'enfer sombre,

Vous inonde de feux ou vous écrase d'ombre.

Quand Ramon était las des rêves lumineux,

A la rouge clarté d'un flambeau résineux,

L'idéal le portait dans l'infernal empire

Que nous avons plus haut essayé de décrire.

XI

Près de ces voluptés, de ces émotions
Qui sont les froids plaisirs, les fades passions
Du monde ; trouvez-moi, trouvez-moi quelque ivresse
Sous laquelle votre âme et s'abîme et s'affaisse
Impuissante à jouir, et qui l'emplisse mieux
Que ce plaisir poignant, fils de la rêverie,
Qui vous plonge aux enfers et vous remonte aux cieux !
Ramon allait au ciel, lorsque dans la prairie,
Il rêvait, étendu mollement, et le soir,
Il trônait souverain dans son royaume noir.

XII

Les anges entrevus, portés sur un zéphire,
En hideux grincements changeaient leur doux sourire,
Leurs yeux devenaient trous, et des chauves-souris,
Les ailes se collaient à leurs dos amaigris ;

La vierge au regard bleu reparaissait sorcière,

Le rauque jurement remplaçait la prière,

Et, convenez qu'au lieu de suivre ce chemin,

Où toujours marche en rond le pied de chaque humain,

Ramon devait avoir une joie ineffable

D'aller au ciel le jour, et la nuit chez le Diable !

CHANT III.

I

Un homme prend un jour sa canne et son chapeau,
Et part dès le matin pour arriver au haut
D'une montagne ; mais tout le long de la route,
Il s'amuse, il ramasse une fleur, il écoute
Le bruissement du vent, la chanson d'un oiseau,
Regarde les cailloux que lave le ruisseau,
Il trouve une prairie et s'y couche à l'ombrage,
Erre de tous côtés, dépense son courage
En courses, en détours, fait mille et mille pas
Inutiles, et puis, quand il arrive au bas

II

Du mont, il a perdu sa force et son haleine,
Il souffle, trime, sue et gravit avec peine :
Cet homme est à coup sûr un grand sot, et moi j'ai
Agi de même ; au lieu d'attaquer mon sujet
Franchement, j'ai laissé s'envoler ma pensée
Sur l'aile à reflets d'or et de feu nuancée
Qui porte dans les airs l'imagination ;
J'ai suivi chaque rêve et chaque illusion,
J'ai fatigué la plume et tari l'écritoire :

Cependant je voulais raconter une histoire

III

Jolie, intéressante, admirable, et ma foi,
Ma verve m'abandonne et je demeure coi :
Je m'en vais néanmoins essayer de la dire,
Je ne force après tout personne de la lire.

Et ne maudirai pas ceux qui s'endormiront.

Donc, j'enfourche Pégase et chausse l'éperon.

— Avant de commencer, permettez-moi, madame,

Que je tende la main et que je vous réclame,

Pour un auteur sans barbe, un peu de charité,

Jamais pauvre plus vrai n'en aura mérité.

IV

Vous savez qu'en été, c'est chose assez commune

Qu'un jour qui, le matin, souriait ainsi qu'une

Fillette regardant son visage au miroir,

Devienne refrogné quand arrive le soir :

De grands nuages gris à la crinière sombre

Voilent le bleu du ciel et promènent leur ombre,

L'arbre se plie au vent, l'herbe penche et frémit,

Le moineau sous les toits se cache et cherche un nid ;

Chaque tonnerre au loin, comme un orchestre immense

Qui se donne le ton et s'accorde, commence

V

A gronder sourdement, et semble demander
Au tonnerre voisin : « Pouvons-nous préluder ? »
Or, un soir que Ramon parcourait un ouvrage
De Karr, auteur charmant, en tournant une page,
Il sentit sur sa main choir une goutte d'eau,
Et voyant le ciel noir, il remit aussitôt
Son cheval au brancard, le poussant un peu vite,
Pour devancer l'orage et regagner son gîte
Dont il était assez éloigné, quand soudain,
Sous un arbre touffus qui bordait le chemin,

VI

Il aperçut, debout, une femme vêtue
De noir, et qui semblait inquiète ; sa vue
Alternativement regardait l'horizon,
Et cherchait dans l'espace à voir quelque maison

Où se réfugier à l'abri de l'orage,

Car la pluie arrivait et trouait le feuillage

De son arbre. Ramon à l'instant descendit

De voiture, et, venant auprès d'elle, lui dit :

« Madame, vous cherchez vainement un refuge

« Dans ce pays désert, et contre le déluge

VII

« Qui nous menace, il n'est d'autre arche de Noé

« Que mon humble logis, il serait enchanté

« De vous ouvrir sa porte ; octroyez-moi la grâce

« De ne le dédaigner, et de prendre une place

« Dans mon char ; il vaut mieux que l'on soit cahoté

« Que mouillé, puis d'ailleurs ces orages d'été

« Ne durent jamais plus d'ordinaire qu'une heure ;

« Quand il sera passé, jusqu'à votre demeure

« Je vous reconduirai. » L'offre ne pouvait pas

Se refuser. Alors, à l'aide de son bras,

VIII

Ramon la fit monter auprès de lui. La dame
Etait jeune, jolie et jamais une femme
N'eut de jambe plus ronde, et de plus petit pied
Que ceux que révéla l'indiscret marchepied.
Sa robe dessinait les trésors de sa taille,
Ses épais cheveux blonds sous un chapeau de paille,
Semblaient se révolter contre cette prison
Trop étroite, et souvent quelque mutin frison
Jaloux de se montrer et lassé d'être esclave,
Avec l'aide du vent, détachant son entrave,

IX

S'en allait voltiger, petit audacieux,
Sur sa blanche figure, et jusque dans ses yeux.
Que si quelqu'un prenait pour étonnante chose
Que Ramon eut trouvé cette dame, je pose

En principe, qu'il est très-commun que des gens

Habitant la campagne, aillent par un beau temps

Se promener, et qu'ils soient surpris dans leur route

Par l'orage, le soir ; ainsi voilà dans toute

Sa simplicité vraie, et sa pure candeur,

Comment il rencontra cette dame ; un bonheur

X

Plus rare à mon avis, c'est qu'elle était jolie

Comme une fraîche fleur, qu'elle avait nom, Marie,

Nom qui veut dire aimer ; par-dessus le marché

Qu'étant veuve, on pouvait l'adorer sans péché.

Ah ! trop heureux Ramon, je voudrais, sur mon âme,

Braver des temps affreux, recevoir sur mon dos

De la pluie à torrents, me tremper jusqu'aux os,

Si je trouvais au bout une semblable femme !

Quand le cheval eut fait quelques temps de galop,

Il touchèrent au but, et juste comme il faut,

XI

Pour repousser la porte au nez de la tempête.
Depuis qu'on fait des vers, il n'est pas un poète
Qui n'ait associé l'amour et le soleil,
Femmes au cou de cygne, aurore au teint vermeil,
Zéphirs, rayons, beaux yeux, tout cela marche en-
[semble,
C'est très-beau j'en conviens, mais pourtant il me
[semble
Qu'il est plus méritoire et mille fois plus doux
D'être aimé quand il pleut; moi je serais jaloux
Des charmes du beau temps : Parbleu ! la belle affaire
De sourire et d'aimer, quand par toute la terre

XII

Tout aime et tout sourit, qu'il n'est pas une fleur,
Pas un insecte qui ne tressaillent d'ardeur,

Ne cherchent des baisers, ne veuillent des caresses,

Et que l'air est rempli de brûlantes ivresses.

C'est malgré soi qu'on aime, une femme n'a pas

Besoin d'aucun amant, et si quelque échalas

Lui disait : m'aimes-tu ? Je jure sur ma vie

Qu'elle répondrait oui, car une voie lui crie :

« Aime, ma belle enfant, aime et laisse ton cœur,

« S'enivrer de rayons, d'ivresse et de bonheur ! »

XIII

Mais si par un temps gris, pluvieux, monotone,

Comme il en fait souvent à la fin de l'automne,

Une femme vous dit : « Cher aimé, dans tes yeux

Je trouve mon soleil, ton sourire joyeux

Est pour moi le printemps; ta voix qui me soupire

« Je t'aime ! » me paraît un embaumé zéphyre;

Toi seul es tout pour moi. » Vite dépêchez-vous

De tomber à ses pieds, d'embrasser ses genoux ;

Dites-lui bien merci ! car alors, c'est vous-même
Vos regards, votre voix, vous seul enfin qu'elle aime.

XIV

Ceci tend à prouver que tout homme amoureux,
Avant de déclarer son amour et ses vœux,
Doit regarder s'il pleut, et dans le cas contraire
Attendre au lendemain, pour être sûr de plaire
Par ses vertus, et pour que ce soit bien à lui,
Et non à l'air du temps que l'amante dise : oui !
Et ceci prouve encor que mon héros est digne
Des plus grands compliments, pour le mérite insigne
D'avoir su tout un soir empêcher de bâiller
Son hôtesse charmante, et lui faire oublier

XV

Pluie et vent, à tel point qu'il faisait nuit bien noire,
Quand la belle, soudain reprenant la mémoire,
S'écria : « Dieux ! il faut que je rentre chez moi ! »
Mais Ramon répondit : « Madame, il pleut encore,

« Les chemins sont affreux et franchement je croi

« Un départ imprudent, attendez à l'aurore

« Prochaine, et laissez-vous abriter cette nuit

« Sous mon toit trop heureux ; » mais alors commé .

[il vit

Que son front rougissait d'une pudique crainte,

Il jura ses grands dieux que jamais une sainte

XVI

N'aurait d'adorateur plus humble et plus pieux,

D'esclave plus timide et plus respectueux

Que lui pour son hôtesse ; il paraissait sincère,

Elle de son côté ne savait comment faire

Autrement ; et d'ailleurs, je vous dirai tout bas,

Que peut-être en secret..... ma foi, je n'ose pas.....

Enfin elle céda; lors Ramon, sans aucune

Mauvaise intention, et comme il n'avait qu'une

Chambre, la conduisit par sa petite main,

Dans la salle au divan, et lui dit : A demain !

XVII

Marie après avoir dégrafé la ceinture

De sa robe, pour être à l'aise, et délié

Les anneaux blonds de sa soyeuse chevelure,

Délacé la bottine où chaque petit pied

Etait comme en prison, murmuré sa prière,

S'étendit à moitié sur le large fauteuil,

De son souffle léger éteignit la lumière,

Et comme un rideau blanc, abaissant sur son œil

Sa paupière aux longs cils, délicieuse frange,

Doucement s'endormit, comme aurait fait un ange.

XVIII

—Vous savez ce que c'est, lecteurs, qu'un changement

A vue, accordez-moi, s'il vous plaît, que je m'en

Serve, j'aurai grand soin que chaque décor glisse

Sans grincer, pour ne pas ôter l'illusion;

Je vous épargnerai la plate vision

Des bras des ouvriers sortant de la coulisse;

Donc figurez-vous être au théâtre : essuyez

Avec le coin brodé des mouchoirs de batiste,

Mesdames, vos lorgnons, déjà le machiniste

A la lèvre au sifflet. Psitt... il siffle, voyez :

XIX

Dans un coin de vallon arrosant sa ceinture

Faite d'herbe et de fleurs, dans l'onde d'un ruisseau

Qui sachant son métier, honnêtement murmure,

S'élève une maison, ainsi qu'un nid d'oiseau ;

Deux grands arbres secouent leur chevelure verte

Sur sa façade blanche, et comme des serpents

Les lierres s'enlaçant aux liserons grimpants

Encadrent les volets; la croisée entr'ouverte

Laisse voir au dedans : un jour mystérieux,

Douce et vague lueur ou les âmes voient mieux,

XX

A travers les rideaux sournoisement pénètre,

Un canapé roulé tout près de la fenêtre

Ouvre ses larges bras qui semblent demander

Deux amants ; un grand vase en blanche porcélaine

Est à côté, rempli de fleurs, suave haleine ;

Puis, (il ne faudrait pas trop laisser regarder

Les fillettes ici) dans le fond on découvre

Un lit, nid de plaisirs, où pendant qu'il fait jour,

Les blancs rideaux fermés, niche un petit Amour,

Et lorsque vient le soir, doucement il entr'ouvre

XXI

Cette cage, et montrant ses traits tout chiffonnés,

Il appelle du doigt, et dit : C'est temps, venez !

Regardez, regardez cette blanche figure

De femme qui paraît. Ah ! certes, je vous jure

Par ma plume, qu'elle est bien belle ; voyez donc
Les grands sourcils arqués qui rampent à son front,
Ses longs cils, ses yeux bleus, fenêtres de son âme,
Comme sa taille est souple et bien faite. Madame,
Convenez avec moi que sa robe lui sied
A ravir, et qu'il est difficile qu'un pied

XXII

Puisse habiter jamais plus étroite bottine.
Je dirais bien qu'elle a la bouche purpurine ;
Mais on a tant chanté les lèvres de carmin,
De pourpre et de corail, qu'il n'est pas de catin,
De danseuse efflanquée ou de vieille coquette
Qui ne sourie avec dix grammes de couleur.
Parbleu, j'aime bien mieux baiser une palette ;
Si je m'emplâtre, au moins je le fais de bon cœur ;
Mais quand on croit tenir enfin l'aile d'un songe
Et d'un bonheur rêvé, faire métier d'éponge

XXIII

Et changer sa moustache en brosse de rapin,
Anathème sur vous, corail, pourpre et carmin !
La bouche de ma belle est rose, un peu pâlie,
Et sous cette peau fine, à voir le sang courir,
On comprend qu'elle brûle, et qu'il serait folie
De penser y coller sa lèvre sans mourir
De bonheur ! - Pourriez-vous, ma belle enfant, nous dire
Pourquoi votre œil s'anime, et qui vous fait sourire,
Et pourquoi votre sein rapide et plus ému
Soulève votre robe ?... Ah ! qui n'a pas connu

XXIV

Ce moment où l'on vit plus qu'en dix ans de vie,
Minute de bonheur et d'extase, ravie
A celles que mesure au cadran éternel,
L'aiguille marquant l'heure à l'horloge du ciel :

L'instant du rendez-vous ! Comme l'oreille écoute,

Comme on sent sur son cœur s'épandre chaque goutte

D'un sang âcre et brûlant dont la veine bleuit,

Comme l'haleine en feu par saccades caresse

Et parfume la lèvre !... Enfant, voilà l'ivresse

Sous laquelle frémit votre gorge, celui

XXV

Que vous aimez, s'approche,... il est là, l'heureux maître

De ce royaume blanc ;... tenez, il vient se mettre

Près de vous ; doucement il entoure d'un bras

Votre taille, et vous parle à l'oreille bien bas ;

Il passe en vos cheveux une main amoureuse

Qui semble s'y noyer.... Mais vous êtes boudeuse ?

On se fâche, grand Dieu ! serait-ce pour *de bon* ?

<table>
<tr><td align="center">Lui.</td><td align="center">Elle.</td></tr>
<tr><td>— Mais je te dis que si.</td><td>— Mais je te dis que non.</td></tr>
<tr><td>— Je le dis beaucoup mieux.</td><td>— Je le dis mieux moi-
[même.</td></tr>
<tr><td>— Voyons, écoute bien cette</td><td align="center">Tous les deux.</td></tr>
</table>

[fois-là : — Je t'aime !

XXVI

O vous ! heureux mortels, assez aimés des Dieux,

A qui le ciel donna pour miroir les deux yeux

D'une femme adorée, et la joie insensée

D'une mignonne main en votre main pressée,

Redites bien ce mot ; celui-là n'est qu'un fou

Qui ne l'a jamais dit ; ce mot, il contient tout :

C'est l'espoir, le bonheur, c'est lui qui pousse à vivre,

Et quand l'émotion vous trouble et vous enivre,

Au point que vous sentez, impuissante à parler,

Dans le gosier crispé votre voix s'étrangler,

XXVII

L'une à l'autre collez vos deux bouches muettes,

Un baiser le dira mieux que vous ne le faites !

— De nos deux amoureux devinez-vous le nom ?

Je crains que mon tableau ne paraisse un peu terne,

..... Sachez-donc (si j'ai mal allumé ma lanterne),

Que l'amante est Marie et l'amant est Ramon ;

Que tous deux sont seigneurs de cette maisonnette,

Où pour vivre avec eux, l'Amour s'est retiré,

Et que, comme avant tout je suis auteur honnête,

Ils se sont mariés devant maire et curé.

XXVIII

— Au diable ! dira-t-on, cette fin est bien plate,

Ma foi, monsieur l'auteur, votre dénouement rate

Entre vos doigts, ainsi qu'un vieux fusil rouillé,

C'est à se repentir de n'avoir pas bâillé

D'avance ; pour venir là, c'était bien la peine

D'annoncer tout à l'heure, en termes si pompeux,

A nos yeux étonnés un changement de scène.

— Pardon, je n'ai pas dit qu'ils vécurent heureux,

Ni qu'ils eurent beaucoup d'enfants : cela mérite

Qu'on m'excuse, d'ailleurs je finis au plus vite

XXIX

Ce conte, et je reprends où je l'avais laissé.

— Pendant que le sommeil effeuillait sur Marie

Les fleurs de ses pavots, l'orage avait passé.

Le ciel, débarrassé des nuages de pluie,

Avait fait sa toilette et rebleui son teint,

Et chaque étoile, après s'être essuyé la face,

Au mauvais temps faisait une espiègle grimace ;

La lune, en promenant son grand œil incertain,

Vint par hasard coller sa mine curieuse

Aux vitraux de la chambre où la belle dormeuse

XXX

Reposait, éclairant de vacillants rayons

Le monde diabolique aux sordides haillons,

Qui paraissait danser sur la tapisserie

Et que vous connaissez. Dieu voulut que Marie

Entr'ouvrît ses deux yeux juste à ce moment-là.

Quand la pauvre enfant vit l'affreuse populace

Qui grimaçait, sautait, tournait, elle voila

Son visage, sentit comme un bandeau de glace

Sur son front où perlait la sueur, et se crut

Morte, et fit deux grands cris, et.... Ramon accourut !

XXXI

Si l'une des neuf sœurs n'avait pas trop à faire

(Car il faut avouer que pour n'être que neuf,

Elles ont diablement de gens à satisfaire,

Raison qui fait pourquoi plus d'un poète est veuf),

Qu'elle ne soit pas sourde à mon cri qui l'appelle

Et qu'elle veuille bien, en donnant un coup d'aile,

Venir à mon oreille, et conduisant mes doigts,

Sa tête contre moi doucement appuyée,

Me dicter quelques vers avec sa douce voix,

Pour peindre comme est belle une femme effrayée !

XXXII

Pour peindre ses beaux yeux par la peur agrandis,
Et sur son cou crispé sa tête renversée,
Dans ses cheveux défaits chaque main enfoncée,
Et l'immobilité de ses muscles roidis,
Le souffle saccadé martelant sa poitrine,
Et ses petites dents qui claquent, sa narine
Gonflée et frémissante, et tout son corps tremblant
Comme une feuille au vent : son visage tout blanc
Semblable à la lueur d'une mourante lampe,
Et les veines d'azur qui bleuissent sa tempe !

XXXIII

Ah ! ne voyez-vous pas cet œil fixe, égaré
Qui cherche un protecteur, et sa charmante tête
Qui pâlit, se contracte et se tourne inquiète,
Comme un petit oiseau dans un piége serré !

Heureux alors celui vers qui sa voix arrive,

Celui-là sentira l'étreinte convulsive

De ses deux bras crispés se nouant à son cou,

Il sentira son sein, comme une onde qui bout,

Battre contre le sien, et contre sa figure

Se répandre en blonds flots sa longue chevelure.

XXXIV

Cet homme fut Ramon : ce délire insensé,

Ramon l'eut tout entier : cette enivrante fièvre

De tenir dans ses bras un jeune corps pressé,

Ramon en fut brûlé jusqu'aux os, et la lèvre

De chacun d'eux était si près, qu'il arriva

Simplement, comme l'onde à la pente s'en va,

Qu'en un baiser brûlant leurs bouches se fondirent,

Et que sans se parler, l'un et l'autre se dirent :

— Je t'aime ! — Instant céleste où l'être tout entier

Monte jusqu'à la lèvre, où l'on semble oublier

XXXV

Qu'on est, qu'on a vécu, où se brûlent deux flammes,

Où brillent deux clartés, où s'échangent deux âmes,

Où deux volcans s'en vont l'un l'autre s'embraser,

Où la vie est éteinte et n'est plus qu'un baiser ! —

— Il me semble à présent, que mon histoire est claire

Comme de l'eau de roche, aussi, lecteurs, j'espère

Que chacun comprendra facilement pourquoi

Mes deux héros, cachés sous leur champêtre toit,

Se disputaient à qui dirait le mieux : Je t'aime !

Et que..... ma foi, bonsoir, je clos là mon poème.

1862.

UN MORT.

Un homme était, qui jeune, en entrant dans la vie
S'était heurté le front au front noir du malheur,
Et dans la coupe avait d'abord trouvé la lie,
Sans que sa lèvre en eût savouré la liqueur.

Ainsi qu'un voyageur qui poursuit une route
Sans avoir de logis où reposer ses pas,
Sans mère qui de loin cherche à le voir, écoute
S'il arrive, et pour lui prépare ses deux bras,
Il vivait.
      — Cependant comme dans un ciel sombre

Luit parfois un éclair illuminant les cieux,
Un rayon lumineux resplendissait dans l'ombre
De la pesante nuit qui lui bouchait les yeux :

Il aimait une femme ! Et quand la nuit venue
Noircissait l'horizon, il allait se blottir
Auprès de sa maison, à l'angle d'une rue,
Et là, silencieux, il l'attendait sortir ;

Il la voyait passer, belle, parée, heureuse,
Or, bijoux, robe riche, au reflet chatoyant,
Courant à quelque bal, quelque fête joyeuse,
Le sourire à la lèvre, et le regard brillant.

Alors il respirait dans une folle ivresse
L'air qu'avait traversé sa forme enchanteresse,
Il vivait de son souffle, et vers le sol penché,
Il baisait les pavés où l'ange avait marché.

Cette femme, il l'aimait comme on aime une sainte,

Il la mettait au ciel et l'adorait d'en bas,

Quant à la posséder, son âme n'osait pas

L'espérer ! Elle à lui, sa voix, ses yeux, l'étreinte

De ses deux bras noués, blanche chaîne, à son cou,

A lui son sein de neige et son humide lèvre,...

Ce penser lui donnait un tremblement de fièvre,

Et son cœur bondissait comme une onde qui bout.

Un soir d'hiver, la terre était gelée et dure,

Vêtu d'un maigre habit qui le défendait mal

Contre la bise aiguë et contre la froidure,

Il attendait depuis bien longtemps, car le bal

Avait prolongé tard sa tournoyante veille,

Et lui voulait la voir ; —lorsque enfin son oreille

Entendit retentir de petits pas pressés
Sur la terre, et le bruit d'une robe de femme.

Il avait eu bien froid, tous ses membres glacés

Grelottaient. Cependant un jet de vive flamme

Vint ranimer son sang et lui brûler le cœur ;

Car cette fois, c'était elle, son adorée,

Son ange aux cheveux blonds, à la lèvre pourprée,

Dont le parfum eut fait envieuse une fleur,

Celle qui dans son cœur faisait fondre la glace,

Dont le regard était l'étoile de sa nuit,

Le sillon lumineux dont il suivait la trace... .

Et quand elle passa si belle près de lui,

L'Amour lui fit courber ses genoux sur la dalle

Et tendre ses deux bras..... elle eut peur, et voyant

Son habit misérable et son visage pâle,

Elle crut que c'était sans doute un mendiant,

Et lui jeta sa bourse....

Il se brisa le crâne

Avec un pistolet qu'il avait acheté

De l'argent qu'à ses pieds la femme avait jeté.....

Et comme vous savez que le suicide damne,

Afin qu'on ne mît pas son corps dans quelque trou,

Un ami qu'il avait, dit : « Cet homme était fou ! »

UN AUTRE MORT.

Sur mon âme ! c'était un bien beau coup d'épée,
Non pas de ceux que porte un bras mal assuré
Et qui ne tuent jamais sans avoir déchiré
La peau ; non, la poitrine avait été frappée
Sans hésiter, bien droit ; c'était proprement fait ;
Aucune éclaboussure aux pavés ; en effet,
Le sang n'avait coulé qu'en dedans : . . . .
. . . . Le pauvre homme !
Il était là, couché sur le dos, et tout comme
Un endormi ; la rue était seule, la nuit

Claire et froide, j'allai m'asseoir auprès de lui

Sur une borne ; alors sa chevelure brune

S'écarta sous le vent ; puis un rayon de lune,

Qui le long des maisons descendait en tremblant,

Faiblement éclaira son visage tout blanc.

Oui, pauvre homme ! Il était jeune ; vingt ans à peine ;

C'est tôt pour être mort : certes, c'est grande peine,

De voir un jeune corps sur la terre étendu,

Avant que pour courber sa blanchissante tête,

Enlaçant à son cou ses deux bras de squelette,

Comme un carcan de fer, le Temps se soit pendu !

— Cela me fit penser : Peut-être que sa mère

Seule dans son logis, pliée à deux genoux

Aux pieds d'un Christ en bois, murmure sa prière

En disant : O mon Dieu ! quand me le rendrez-vous ?

« Quand me le rendrez-vous, mon doux enfant que
[j'aime,

« Hélas ! depuis longtemps je l'attends chaque jour,

« Et chaque soir aussi, vous me voyez de même

« Les bras tendus vers vous, implorer son retour ! »

Peut-être qu'en dormant sa jeune fiancée
Rêve qu'il va venir, et pâle au moindre bruit
Se réveille, la main sur sa gorge oppressée,
Et, l'oreille attentive, écoute si c'est lui !
Elle aussi, tous les jours, vient s'accouder pensive
Au bord de la fenêtre, et pour voir s'il arrive
Demeure longtemps là, le regard arrêté
Sur le chemin poudreux qui mène à la cité.

Mère, amante, celui, l'homme aimé dont chacune
Demande le retour en ployant le genou,
Il est tout de son long contre la terre brune,
Il est là, devant moi, le sein percé du trou
Par où s'est exhalé le souffle de sa vie,
Il est là devant moi, l'existence partie,
Tout mort ! Et cependant dans le ciel azuré
Chaque étoile scintille, et calme, indifférente,
La lune en se jouant, sur son front expiré

romène les reflets de sa lueur tremblante,

Sans se douter, hélas ! qu'elle caresse un mort ! .

Ah ! femmes qui l'aimiez, vous avez eu grand tort

De laisser à ses pieds secouer la poussière

Du foyer paternel, quand fougueux pèlerin

Un jour il s'en alla le long de ce chemin

Qu'il n'a fait qu'une fois ; il fallait, toi, sa mère,

Pour mieux le retenir, dans tes bras l'enlacer

Et l'attacher ainsi d'une si douce chaîne

Qu'elle fût pour son cœur trop solide à casser.

Et toi, sa fiancée, il fallait dans la sienne

Mettre ta blanche main, et lui dire tout bas

Avec ta voix d'amour, musique de ton âme :

« Ami, reste avec nous, ami, ne t'en va pas. »

Mais non, il est parti sous un transport de flamme,

Sous un désir fiévreux, son esprit s'est troublé :

Il a voulu, fuyard de votre seuil tranquille,

Se griser des plaisirs et du bruit de la ville,

Et souffler dans son air, — mais cet air l'a brûlé !

Il s'est, six mois durant, traîné dans les orgies,

Baisant de jeunes fronts, s'enivrant de vieux vins,

Et chaque nuit l'a vu, sur les nappes rougies,

Remuer l'or des jeux dans ses fébriles mains.

Puis un soir, en sentant que sa poche était vide,

Que sa tête était lourde, et son âme stupide,

Il s'est tâté du doigt la place où bat le cœur,

Et dans cet endroit là s'est enfoncé la lame

D'un poignard ; sans penser que c'était grand malheur.

Que c'était chose triste, et surtout chose infâme,

De se tuer ainsi, lorsque derrière lui

Deux femmes pleureraient, et tristes, dans la vie

Marcheraient, robe noire, et figure pâlie ;

Tout cela, parce qu'il aurait, dans une nuit

Où le démon du jeu n'était pas favorable,

Accoudé lourdement au rebord d'une table,

Tenant sur ses genoux quelque ignoble catin,

Amassé très-peu d'or, mais bu beaucoup de vin.

MERLE BLANC.

Ils étaient tous venus heurter contre sa porte
Ces jeunes élégants noyés d'eau de senteur,
Machines à lorgnon, dont le visage porte
Imprimés ces trois mots : *fabrique de coiffeur.*

Ils étaient tous venus, ces vieux à l'âme morte,
La peau ridée au front et racornie au cœur,
Qui pensent que leur or, comme une éponge, emporte
La crasse des vieux ans et lave la laideur.

Mais le verroux tint bon, et la charmante fille

Vint prendre par la main un poète rapé,

Qui timide passait, et n'avait pas frappé.

Devant lui seul s'ouvrit la jalouse mantille,

Devant lui seul tomba le peigne des cheveux.....

..... Cette femme, lecteur, trouve-la si tu peux.....

Muse, il faut qu'un auteur, pour clore son volume,
Mette tout son esprit dans un mot réuni :
Comme l'ami Pierrot, prête-moi donc ta plume
Pour l'écrire.....

> *La Muse haussant les épaules,*
> Alors mets que ton livre est fini !

Pierre FERRUS.